Un personnage de Thierry Courtin
Couleurs : Sophie Courtin

Loi n° 49.956 du 16 juillet 1949
sur les publications destinées à la jeunesse.

ISBN : 978-2-09-202034-0
N° d'éditeur : 10171965
Dépôt légal : août 2010
Imprimé en Italie

T'choupi
a une petite sœur

Illustrations
de Thierry Courtin

T’choupi est content.
Sa petite sœur est née.
Avec papa, ils sont allés
chercher maman
et le bébé à l’hôpital.
– Tu vas voir maman,
on a tout rangé, dit
T’choupi.

– Maman, tu sais, j'ai fait un dessin pour bébé Fanni et papa l'a accroché dans sa chambre.
– C'est très gentil, T'choupi. On va aller voir tout de suite.

T'CHOUPI

– Bravo, T'choupi, il est très beau ton dessin !
– Un câlin, maman !
– Oh oui, mon T'choupi. Tu m'as manqué, tu sais !

– Elle va dormir encore longtemps, Fanni ? Moi, je veux jouer avec elle.
– Fanni est encore toute petite, dit maman.
Elle a besoin de dormir beaucoup.

Fanni s'est réveillée,
mais maintenant elle crie.
T'choupi dit :
– Il fait vraiment trop
de bruit, ce bébé !
J'en ai assez !

Papa explique :
– Si le bébé pleure,
c’est parce qu’il a faim.
– Moi aussi, je veux
manger, dit T’choupi.
Et personne ne s’occupe
de mon goûter !

– Tiens T'choupi, dit
maman, voilà tes biscuits
préférés ! Tu vois que
je ne t'ai pas oublié.
– Quelle gourmande !
s'exclame T'choupi. Elle
va avoir fini avant moi.

– Papa, papa, elle pleure. Elle a encore faim, peut-être ?
– Non, elle a juste besoin d'être changée. Tu m'aides ?
– Beurk ! Ça sent pas bon ! dit T'choupi.

– Fanni va aller au dodo, maintenant. Tu veux lui faire un bisou ?
– Oui, mais moi je ne vais pas dormir parce que je suis grand !

– Tu as vu, Doudou,
elle est belle ma petite
sœur.